Analyse de l'œuvre

Par Blanche Simiz

Nymphéas noirs

Michel Bussi

lePetitLittéraire.fr

Analyse de l'œuvre

Par Blanche Simiz

Nymphéas noirs

Michel Bussi

lePetitLittéraire.fr

Rendez-vous sur lepetitlitteraire.fr et découvrez :

Plus de 1200 analyses
Claires et synthétiques
Téléchargeables en 30 secondes
À imprimer chez soi

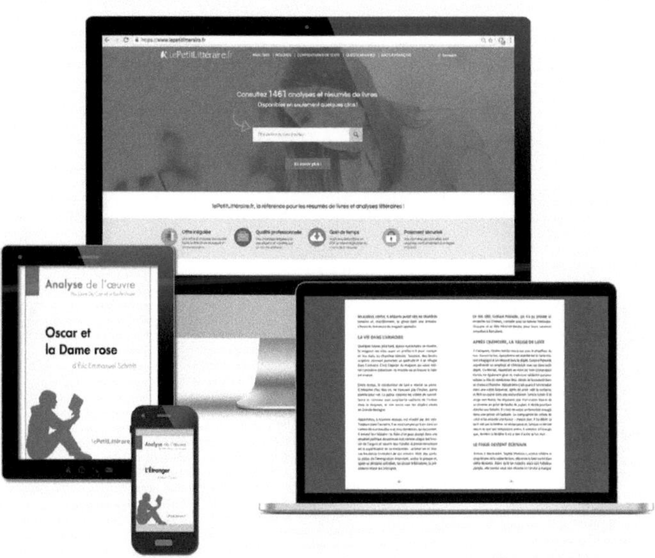

NYMPHÉAS NOIRS

UN ROMAN NOIR DE TERROIR ?

- **Genre** : Polar
- **Édition de référence** : *Nymphéas noirs*, Paris, Pocket, 2013, 504 p.
- **1re édition** : *Nymphéas noirs*, Paris, Presses de la Cité, 2011, 444 p.
- **Thématiques** : policier, passion, mystère, huis clos, impressionnisme, peinture, Giverny, Claude Monet

Nymphéas noirs constitue le cinquième roman de Michel Bussi. Il se déroule à Giverny, village où Claude Monet s'est installé pour peindre, en particulier ses nombreux *Nymphéas*. Dans ce petit coin de Normandie vivent trois femmes : une petite fille de 10 ans vive et douée pour la peinture, nommée Fanette Morelle ; une jeune institutrice radieuse et passionnée du nom de Stéphanie Dupain ; une vieille femme, qui mène la narration et détient les clés des mystères. La mort d'un homme vient bouleverser leur quotidien. De son côté, l'inspecteur Laurenç Sérénac et son équipe enquêtent pour mieux comprendre, tout en accumulant les nouvelles zones d'ombre. Arriveront-ils à démêler tous les écheveaux de ce mystère ?

Ce roman policier s'ancre non seulement dans la géographie du village, mais aussi dans l'histoire de l'art, avec les œuvres citées, les authentiques références à la vie de

Claude Monet et de ses contemporains, ainsi qu'avec les vols de tableaux évoqués.

Le roman a reçu de nombreux prix littéraires à sa sortie, à tel point qu'il est devenu en 2011 le policier le plus récompensé de son année. Il a particulièrement contribué à l'essor de la carrière de Michel Bussi. L'office de tourisme des portes de l'Eure a même conçu une visite guidée de Giverny autour du roman, avec des saynètes jouées par des comédiens. Une rumeur d'adaptation au grand écran coréen, transposée à un village et un peintre coréens, a été évoquée par Bussi en entrevue.

MICHEL BUSSI

ÉCRIVAIN FRANÇAIS

- **Né en 1965 à Louviers.**
- **Quelques-unes de ses œuvres :**
  - *Un avion sans elle* (2008), roman
  - *Mourir sur Seine* (2012), roman
  - *J'ai dû rêver trop fort* (2019), roman

Avant d'être écrivain, Michel Bussi est professeur de géographie à l'université de Rouen. Ses premières tentatives de publication sont infructueuses, mais en 2006, il arrive à faire publier son premier titre, *Code Lupin*, dans une maison d'édition régionale : les éditeurs des Falaises. Trois ouvrages paraitront encore chez elle avant que Bussi ne signe un contrat au niveau national. Il reste attaché à ses origines régionales, et veille à insérer dans chacun de ses romans au moins une référence, même fugace, à la Normandie. C'est pour lui une manière de rendre hommage à ses premiers lecteurs. Avec cet ancrage, il a été élu « parrain officiel » de la fête des Normands en 2014.

Bussi s'attache à visiter les lieux qu'il décrit, en vrai géographe. Il ne se documente pas autant que pour ses recherches universitaires, mais il a à cœur de renseigner des impressions fondées sur ses souvenirs, de Giverny ou de La Réunion.

Les thématiques de ses romans policiers varient, mais Bussi ne s'est pas limité au genre du roman. Il a aussi écrit des nouvelles et même les paroles d'une chanson de Gauvain Sers : *Que restera-t-il de nous ?*

L'auteur a un succès national certain. Sa productivité n'y est pas étrangère puisqu'il a un rythme d'un roman par an environ. Il est classé parmi les auteurs les plus vendus de France. Sa renommée s'est aussi transposée à l'international : il est traduit dans plus de 35 langues. Il dépasse le monde littéraire pur puisqu'il est familier des adaptations, en bande dessinée ou en feuilleton télévisé.

RÉSUMÉ

UN HUIS CLOS

L'histoire commence comme un conte de fées : « Trois femmes vivaient dans un village » (p. 13). La narratrice fait partie de ces trois femmes centrales : elle se décrit comme presque veuve, âgée et méchante. La deuxième femme, une « menteuse » du nom de Stéphanie Dupain, est une jeune institutrice dont la beauté est indéniable. La troisième est une fillette du nom de Fanette. Âgée de dix ans en début de récit, elle joue le rôle de l'égoïste. Les trois sont différentes, mais toutes rêvent de quitter ce village aux apparences idylliques. Toutefois, ni le lecteur ni les femmes n'en sortiront.

Dans ce village, la mort vient perturber le quotidien de chacune des femmes, bien que chacune de ces morts soit différente. Pour Fanette, c'est la perte d'un ami cher qui lui passera l'envie de rêver. Pour Stéphanie, c'est le meurtre de Jérôme Morval et l'enquête qui s'ensuit qui bouleverseront sa vie. En rencontrant l'inspecteur Laurenç Sérénac, elle sera saisie d'un nouvel appétit pour la vie. Elle qui n'avait jamais trompé son mari finit par céder aux charmes du beau policier, au point de vouloir s'enfuir avec lui et d'abandonner son mari, Jacques. Dès qu'il la rencontre, Sérénac n'est d'ailleurs pas indifférent au personnage de Stéphanie : sa grâce, ses manières, son intelligence, ses yeux... Tout le ravit. Tout le monde le remarque, d'ailleurs, y compris son mari à elle lors de l'enterrement de Jérôme Morval. Il lui fait une remarque le soir même, mais elle l'implore de ne pas retomber dans cette jalousie. Pour la presque veuve, c'est la mort de son vieux mari et les aveux qu'il lui fait sur son lit d'hôpital qui auront l'effet d'une bombe.

Dans un environnement aussi petit, tout se sait, et les rumeurs vont vite. Pourtant, il y règne comme une omerta collective. Les policiers ont bien du mal à comprendre le lien entre chacun des éléments de l'enquête, et même Mme Morval ne divulgue pas toutes les informations sensibles qui pourraient aider à la résolution du mystère. Elle demande au contraire que l'on n'assassine pas son mari une deuxième fois.

Le lieu géographique ne change pas. Toute l'intrigue se déroule à Giverny, à l'exception de quelques visites à l'hôpital ou auprès de spécialistes qui pourraient éclairer l'enquête. L'unité temporelle annoncée est circonscrite à treize jours fatidiques : du 13 au 25 mai. Le nombre de personnages aussi est assez limité : les trois femmes, un mari, les deux policiers, un peintre, quelques enfants amis...

ENTRE AMERTUME ET ESPOIR

La jeune Fanette est pleine d'espoirs d'avenir, grâce à son talent pour la peinture, un amour qu'elle divulgue peu. D'après elle, ses autres amis, Vincent, Camille et Mary, sont trop collants ou geignards. La peinture, c'est son petit secret à elle, qu'elle ne partage qu'à Paul, son amoureux. Bien épaulée par Paul et par un mentor trouvé en la personne d'un vieux peintre américain à la retraite,

James, elle cultive son art et perfectionne son tableau. Si elle remporte le Concours « Peintres en herbe » de la Fondation Robinson, elle décrochera son ticket pour quitter Giverny et parcourir le monde. Sa maitresse en particulier l'encourage à se présenter. Pourtant, la mort de James, puis de Paul, imputables toutes deux à la même funeste personne, lui fait délaisser les couleurs arc-en-ciel et la peinture qui la rendaient si heureuse. Après la mort de James, la mère de Fanette lui demande d'arrêter la peinture. Fanette continue en cachette et prend soin de cacher son tableau près du « moulin de la sorcière » où personne ne s'aventure, à côté du lavoir. Comme sa mère la surveille, elle ne peut pas aller le chercher pour le rendre à la maitresse et décide donc de demander à Paul d'aller récupérer sa toile. Hélas, Paul se fait interrompre par Vincent qui ne veut pas que Fanette gagne et les quitte. Lors de l'altercation, Paul glisse, se cogne la tête contre le lavoir, et meurt noyé. Fanette est inconsolable. Un lourd sentiment de culpabilité leste ses rêves d'enfant et elle finit par les abandonner.

Stéphanie, elle, rêve d'enfants, que son mari lui refuse sans mot dire. Elle rêve aussi de quitter Giverny où elle étouffe. Elle rêve de déployer ses ailes, enfin, sans être limitée dans ses choix par son mari Jacques, qui la couve de sa possessivité maladive. Vive, elle ravit les enfants de sa classe comme les hommes de son entourage, y compris Jérôme Morval qui s'était mis en tête de la séduire. D'après la vieille veuve, cet appétit de vivre manque de discrétion : Stéphanie passe du temps avec Sérénac pour lui en apprendre plus sur la ville et s'affiche au balcon de la maison de Monet avec lui. Elle ne pense pas forcément à mal, mais Laurenç se demande parfois si elle ne pose pas. Ses manières semblent presque étudiées. Il distingue comme un appel à l'aide dans son comportement. On dirait un oiseau en cage. Sérénac suspecte en plus son mari d'avoir été jaloux et possessif au point d'éliminer Jérôme. La pointure trouvée sur la scène du crime est la même que celle de Jacques Dupain : du 43. Même s'il l'inculpe, aucune charge ne peut être retenue contre lui : sa femme témoigne pour lui, ils étaient ensemble le matin du meurtre et essayaient de concevoir un enfant. Stéphanie défend son mari parce qu'elle veut le quitter, et on ne quitte pas un homme en prison. Elle arrive dans le bureau de Sérénac et l'accuse d'éloigner Jacques pour avoir la voie libre. Furieuse, elle se déshabille à moitié : si l'inspecteur la désire tellement, la voilà dans son bureau, pour lui seul. Il ne cède pas et, faute de preuve, relâche Jacques. Maintenant que son mari est libre, elle peut le quitter – et elle donne rendez-vous à Sérénac pour qu'ils s'enfuient ensemble. Jacques le devine et fait chanter Laurenç pour qu'il écrive un mot d'adieu à Stéphanie. Il parvient à ses fins. Stéphanie restera à lui toute sa vie durant.

La veuve, elle, a vécu une vie paisible avec son mari. Elle n'a pas été extraordinairement heureuse, mais elle s'en est contenté. Quand son mari mourant lui demande si elle est satisfaite, elle n'a pas le cœur de lui dire qu'elle avait rêvé de plus et mieux. En revanche, quand il lui avoue tout ce qu'il a fait pour qu'elle reste auprès de lui, tout bascule. Dans un dernier acte de rébellion, elle débranche les perfusions qui le maintenaient en vie. Elle se venge, et personne ne s'en rend compte.

Toutefois, même la petite souris noire qu'est la veuve n'est pas destinée à l'amertume pour toujours. Sa tenue s'éclaire de rubans d'argent à la fin, quand elle aperçoit son amant, maintenant beaucoup plus âgé, en bas de chez elle. Les amoureux se retrouvent enfin, et la joie revient.

EN TROMPE-L'ŒIL

Sylvio Bénavides, l'adjoint de l'inspecteur Sérénac, compile les trois différentes pistes qui justifieraient un mobile. Sur le cadavre de Jérôme Morval, la police a trouvé une carte d'anniversaire mentionnant les onze ans d'un enfant. Plus tard, elle découvre dans la rivière une vieille boite de peinture gravée d'une menace « Elle est à moi + », par un enfant, d'après la police scientifique. Il s'avèrera que Vincent avait laissé ce message à James pour qu'il arrête d'encourager Fanette. Dans la demeure des Morval, de nombreuses toiles témoignent de son gout pour la peinture. Enfin, son infidélité était un secret de polichinelle. Il pourrait avoir été assassiné pour trois raisons différentes : l'amateur d'art pourrait avoir trempé dans un trafic qui a mal tourné ; le coureur de jupons se serait attiré les foudres d'un individu déterminé ; le potentiel père n'aurait pas pris ses responsabilités. Si la police ne débouche sur aucune conclusion définitive, elle enquête sur chacune des pistes. Toutefois, sans l'intervention finale de la veuve, la lumière n'aurait jamais pu se faire. Si elle n'avait pas fait part des révélations de son mari mourant à Patricia Morval, celle-ci n'aurait jamais appelé un vieux commissaire à la retraite pour qu'il mène l'enquête et mette finalement au jour la culpabilité de... Jacques Dupain.

De la même manière, Michel Bussi ébauche trois femmes, avec chacune une vie propre. Le lien entre les trois est confus. Le livre se divise en deux parties distinctes : le premier « tableau » nommé « Impressions » qui dénombre onze parties et le deuxième « tableau » nommé « Exposition » qui contient quatre chapitres, une par partie. La lumière se fait seulement avec le dernier chapitre avant le deuxième tableau. De même, sans l'intervention de la veuve qui dévoile enfin son identité, le lecteur ne pourrait rien comprendre. Car la veuve est en réalité Stéphanie Dupain, âgée. Petit à petit, on comprend que ces trois femmes sont bel et bien la même personne, mais à trois périodes distinctes de leur vie. Là où un trompe-l'œil en peinture donne l'illusion de la profondeur de champ, la narration de Bussi donne l'illusion de la simultanéité des actions, alors que tout se situe sur trois lignes temporelles différentes : une pour l'enfant, une pour l'adulte, une pour la vieille femme. Les descriptions données par la veuve y contribuent grandement, car elle semble raconter ce qu'elle observe directement, alors que c'est une superposition de souvenirs et d'impressions faussées pour leurrer le lecteur. L'illusion d'optique est renforcée par l'ajout des dates en début de partie : toutes spécifient l'année 2010. Mais elles ne s'appliquent qu'au premier chapitre. Ensuite, c'est un savant mélange de retours en arrière et d'enchevêtrements de souvenirs.

ÉTUDE DES PERSONNAGES

LAURENÇ SÉRÉNAC

L'inspecteur fraichement sorti de l'école de police de Toulouse vient à peine de prendre ses fonctions quand le meurtre de Jérôme Morval est commis. Laurenç est à la tête du commissariat de Vernon, sans avoir encore le grade de commissaire. Ses manières du Sud, avec tutoiement facile sans s'embarrasser de manières, déboussolent d'abord son adjoint, Sylvio Bénavides. Mais rapidement, il démontre son esprit d'initiative et sa capacité d'analyse. Il est aussi particulièrement instruit sur le sujet de l'art et sa connaissance de l'histoire de la peinture guidera toute sa carrière. D'un naturel plus sanguin que son adjoint, il hausse la voix plus vite, jure à l'envi, etc. Surtout, il tombe rapidement amoureux de la femme d'un suspect : Stéphanie Dupain.

Laurenç n'a pas trente ans. Il a un charme indéniable, qu'il n'ignore pas, avec sa barbe naissante et ses cheveux blonds qui flottent dans le vent. Il a aussi du style : jean moulant, cuir coupé court, moto Tiger Triumph... Il ne passe pas inaperçu et sort du paysage visuel, avec son apparence séduisante, et sonore, avec son accent occitan en pleine Normandie.

Plus tard, après une carrière de trente-six ans à la tête du commissariat, il prendra sa retraite, en 1988. Son nom est alors naturalisé depuis quelques années : il est devenu le commissaire Laurentin et s'est illustré (brillamment) plus d'une fois dans la lutte contre le trafic d'œuvres d'art.

SYLVIO BÉNAVIDES

Portugais de seconde génération, Sylvio Bénavides est un policier zélé et consciencieux et un homme généreux. Il organise ses notes, invente de nouveaux systèmes pour mettre en relation les différents indices et pistes au fur et à mesure qu'ils sont découverts, et il fait preuve de minutie. Sa timidité première lui rend le tutoiement d'un supérieur difficile, et il lui faut un temps d'adaptation avant d'oser montrer les initiatives qu'il prend. Sérénac estime que c'est un policier dévoué à son métier et un adjoint idéal, prêt à suivre les ordres d'un supérieur, en étant plus ordonné que l'inspecteur. Cette dernière qualité prouvera son utilité plus d'une fois au cours de l'enquête. Sa manie de collectionner les informations se transpose aussi à l'une de ses passions : la fugicarnophilie, ou la collection des barbecues.

D'après Sérénac, Bénavides a sept à dix ans de moins que lui tout au plus. Sylvio est élancé sans être maigre, puisque son ventre devient bedonnant. Il se coiffe en plaquant ses cheveux blonds courts et raides sur la tête, ce qui n'est pas du gout de Sérénac. Pour autant, il n'est pas laid et dégage une impression de robustesse fragile. Timide au travail, il se confie toutefois beaucoup à la maison. Sa femme et lui se connaissent tous deux depuis sept ans et attendent leur ainé. La grande et brune Béatrice est dans son dernier mois de grossesse et l'accouchement est imminent. En attendant, elle ne se prive pas de commenter l'enquête avec des remarques malicieuses et vives.

STÉPHANIE DUPAIN

L'intrigue se déroule en fait sur trois périodes différentes, pendant lesquelles un nom différent est utilisé pour décrire celle qui, en réalité, est le même personnage à des âges différents.

Fanette

En 1937, la petite Fanette Morelle a dix ans, bientôt onze. Elle ne connait pas son père, mais ce n'est pas faute de le demander à sa mère, amère et muette sur la question. Sa mère s'use à faire des ménages dans le village pour joindre les deux bouts parfois péniblement. La maison dans laquelle elles habitent n'est pas en très bon état, mais Fanette s'en moque. Ce qui lui importe, c'est avant tout de pouvoir peindre, ce que sa mère finit par lui interdire parce qu'elle est inquiète de la voir sortir.

La petite fille a une bande d'amis qui gravite autour d'elle. Prénommés Vincent, Camille, Mary et Paul, on apprend à la fin qu'elle les a baptisés de la sorte, en lieu et place de Jacques, Jérôme, Patricia et Albert, en hommage aux peintres qu'elle admire. Elle est énergique, décidée et très talentueuse pour la peinture. Elle se lie d'amitié avec un vieux peintre américain venu à Giverny pour peindre, même s'il dort plus qu'il ne peint. Il est d'un précieux conseil et la pousse à penser à son art avant tout, à devénir égoïste pour faire fleurir son talent. Elle cultive son jardin secret grâce à lui. Quand il meurt assassiné, Fanette est bouleversée. La mort de son chevalier servant Paul (ou Albert) lui coupera toute envie de peindre.

Stéphanie Dupain – l'institutrice

Elle a autour de 25 ans quand elle rencontre l'inspecteur Sérénac. Il enquête alors sur la mort de Jérôme Morval, riche ophtalmologue qui comptait faire de Stéphanie sa maitresse. C'est la plus belle fille du coin de réputation, et ce n'est pas l'inspecteur qui dirait le contraire. Avec ses yeux mauve pastel, ses longs cheveux châtain clair et ses lèvres rose pâle, elle a un charme presque enchanteur et il a du mal à résister. Il se rapproche d'elle sous couvert d'enquêter sur l'héritage impressionniste du village. Elle lui sert de guide géographique et culturel. Son esprit est curieux, cultivé, elle aime Aragon, la peinture, la romance... mais pas son mari, Jacques Dupain. Elle rêve d'évasion et s'éprend de Laurenç, avant qu'il ne doive l'abandonner à son sort. Déçue, elle reste avec son mari jusqu'à la fin.

La veuve

Elle a la position de narratrice occasionnelle, ou de petite souris noire à qui personne ne prête attention. Elle commence et termine le récit, en intervenant ponctuellement pour raconter ce qui se déroule sous ses yeux : des souvenirs qui constituent la trame de l'enquête. Son mari meurt en début de roman, à l'hôpital. Elle se décrit comme méchante et aigrie, certaines de ses remarques le prouvent. À la lumière de la longue confession de son mari mourant, ses raisons sont dévoilées.

JACQUES DUPAIN

Vincent

Le jeune garçon de onze ans fait partie de la bande d'amis de Fanette. Il erre à sa guise dans les rues, même le soir. Cette liberté lui permet de rendre visite à Fanette et de lui tenir la main par la fenêtre quand elle a besoin de réconfort et qu'elle ne peut pas sortir. Il l'écoute d'une oreille toujours attentive. Elle le trouve pot de colle, à l'espionner, et se demande s'il n'est pas fou. Son intuition est confirmée quand le caractère « collant » se révèle être un comportement obsessionnel. Vincent ne veut pas que Fanette s'en aille : il en vient aux mains pour s'en assurer. Malgré son jeune âge, il tue le vieux peintre qui encourageait la fillette à peindre. Il en vient aux mains avec Paul/Albert, qui l'encourage à participer à un concours de peinture. Mais si elle gagne, elle s'envolera loin, et c'est inconcevable pour Vincent.

Jacques – adulte

Décrit comme d'une jalousie maladive, Jacques ne s'est pas défait de son obsession pour Stéphanie. Depuis, ils se sont mariés. Il la protège à sa façon. Il l'écoute toujours aussi attentivement et lui promet une belle maison comme elle en rêve. Il est pour elle un ange gardien, une idée dont il ne démordra jamais. C'est lui qui assassine Jérôme Morval, anciennement leur ami d'enfance Camille : il est trop beau et trop insistant autour de Stéphanie. Il fait aussi fuir l'inspecteur Sérénac, pour garder sa femme à lui, même s'il se doute qu'elle ne l'aime pas autant que Laurenç. Fidèle à sa promesse, il lui achètera la maison dont elle rêvait petite. En revanche, il ne consentira jamais à lui faire un enfant, malgré ses demandes répétées. Il lui avoue tout sur son lit de mort. Ce n'est que quand Stéphanie débranche ses perfusions à l'hôpital qu'il comprend.

CLÉS DE LECTURE

ÉCLAIRAGE SUR L'IMPRESSIONNISME

La naissance du courant pictural de l'impressionnisme se situe dans les années 1860. À cette époque, l'Académie des Arts à Paris règne : c'est elle qui détermine quels artistes peuvent exposer au Grand Salon de Paris. Or, le Grand Salon est une voie royale pour tout artiste en quête de reconnaissance. Les salons privés n'ont tout simplement pas la même envergure. Les règles de l'Académie sont strictes. Le choix du sujet et de la composition n'est pas tant déterminé par l'inclination artistique du peintre que par ce qu'on lui commande comme œuvre. Le style est également figé ; trop figé, pour de jeunes artistes qui ne se reconnaissent pas dans cette conception de l'art. Ils revendiquent le droit d'expérimenter. Las d'être éconduit du Grand Salon (à raison de 3 000 œuvres sur 5000 présentées), l'un d'eux, Théodore Vernon, envoie une lettre de supplique à Napoléon III. L'Empereur approuve. Il leur ouvre le Palais de l'Industrie et le 15 mai 1963, la première exposition du « Salon des Refusés » ouvre ses portes. On y expose 1200 œuvres, parmi lesquelles *Le Déjeuner sur l'herbe*, alors appelé *Le Bain*, d'Edouard Manet.

Le tableau, de plus de deux mètres de longueur comme de largeur, déclenche un scandale. On reproche au sujet d'être indécent, lui qui présente une femme nue en plein air, à côté de deux hommes habillés. La scène de plein air est vulgaire : il ne s'agit pas d'une représentation mythologique ou biblique, mais de gens ordinaires. Les règles de perspective et de contraste sont déformées par l'artiste, qui préfère travailler sur la lumière et laisse apparaitre ses coups de pinceau. La presse ne se prive pas d'en faire un esclandre, et l'année suivante le tableau est décroché.

Pour beaucoup, ce tableau esquisse les prémices de l'impressionnisme. On y voit l'ambition de l'artiste à composer comme il l'entend et non pour honorer une commande. C'est son coup d'œil et son coup de pinceau qui sont prioritaires, au détriment des conventions rigides de l'Académie.

Le nom du mouvement, lui, vient d'un tableau de Claude Monet de 1872 : *Impression, soleil levant*. Le peintre voulait retranscrire la fugacité de la lumière. Si le mot même d'impressionnisme est au départ une raillerie de critique, rapidement, les artistes reprennent le terme à leur compte et le déparent de sa connotation moqueuse.

L'impressionnisme se caractérise ainsi par sa recherche de sujets simples issus du quotidien. La nature a une place de choix, pour elle-même, et non pour honorer le divin ou l'héroïque. Les toiles sont généralement plus petites, pour se vendre à meilleur prix que les grands tableaux majestueux. Surtout, le souci de la lumière est mis à l'honneur. Edgar Degas, par exemple, connu pour ses danseuses, veille à donner autant que possible la sensation de mouvement.

À l'époque, de nouveaux pigments sont créés, et c'est l'occasion parfaite pour les peintres d'expérimenter avec des couleurs plus intenses. Les peintres impressionnistes travaillent donc sur les effets de la lumière sur la perception visuelle. Exit le noir, par exemple, place au bleu. Ils procèdent plutôt par petites touches de peinture que par grandes lignes ou recherches de perspectives parfaites.

De la même manière, Michel Bussi compose son histoire par morceaux qui finissent par s'assembler, mais qui ne se comprennent vraiment que dans un rapport d'ensemble. Les scènes se déroulent elles aussi dans la campagne française et mettent en valeur la nature environnante : le bord de l'eau, les ruelles, les arbres, la lumière du soleil... On relèvera également les nombreuses indications de lumière et de couleur que Bussi introduit, des yeux pastel de Stéphanie, dont le mauve est remarqué plus d'une fois, aux rubans d'argent dans les cerisiers, pour ne citer qu'eux.

Une autre caractéristique de la peinture de l'époque est l'exploitation des mécanismes optiques. Les peintres ne mélangent plus autant leurs couleurs sur la palette et appliquent leurs coups de pinceau en séparant les différentes nuances. La perception du spectateur fera le travail du mélange : deux couleurs primaires à côté l'une de l'autre feront apparaitre une troisième couleur au milieu. Ainsi, en juxtaposant des petites touches de bleu et de jaune, le peintre fait émerger du vert, par effet d'optique. Le pointillisme, courant à peine postérieur à l'impressionnisme, mène cette démarche à son paroxysme.

D'une certaine façon, la trame de Bussi fonctionne sur le même principe. Bien sûr, tout est savamment orienté pour porter le lecteur à croire que les évènements sont tous concomitants : après tout, la veuve décrit une table de deux non loin d'elle, elle juge sévèrement Stéphanie et Laurenç à deux sur le balcon, et elle devine que Fanette pleure. Mais on ne doit cette confusion de la chronologie qu'à la présentation qu'a adoptée l'auteur. Ce sont les yeux du lecteur qui le bernent, parce qu'il fait juxtaposer des descriptions quand elles ne sont que souvenirs et échos du passé.

<u>Le saviez-vous ?</u>

Edgar Degas, de son vrai nom Edgar de Gas, souffrait d'une très mauvaise vue. On lui avait diagnostiqué un scotome : un trou noir dans ce qu'il fixait. Il avait comme une tache au milieu de ce qu'il regardait, mais sa vision périphérique fonctionnait. À cela s'ajoute une photosensibilité qu'il déplorait : il ne supportait pas la lumière éclatante et préférait peindre en intérieur. Son acuité visuelle a également baissé au fil des ans. On dit qu'il ne voyait plus que les couleurs très vives à la fin de sa vie, ce qui expliquerait les contrastes forts de ses dernières toiles.

L'impressionnisme, en fin de compte, a eu à cœur de revendiquer la liberté de l'artiste et sa sensibilité propre. C'est la subjectivité singulière de l'artiste qui permet l'art. Avec la démocratisation de la photographie (fidèle par essence), la peinture, le dessin, l'aquarelle, même la sculpture, n'ont pas pour objet d'être des copies conformes de ce qu'ils représentent. Ils sont des moyens de se réapproprier le sujet et de capter l'éphémère. L'impressionnisme est donc un mouvement qui a permis de réévaluer la relation entre l'art et son utilité.

LES IMPRESSIONNISTES ET LEURS NOMS

Comme dans tout courant artistique, différentes figures émergent. L'impressionnisme est né de la contestation de règles rigides, il est opportun ce faisant que chacun se fraye un chemin propre dans ce nouvel espace de liberté. Les artistes sont nombreux, mais quelques-uns sont au centre des *Nymphéas noirs* :

• Claude Monet :

Oscar-Claude Monet de son vrai nom est né en 1840 et décédé en 1926. Sans conteste, c'est un des pères de l'impressionnisme. C'était un travailleur acharné qui ne ménageait ni son temps ni sa peine, allant jusqu'à bruler le travail qui ne le satisfaisait pas. Comme le roman l'explique, il a modifié le paysage de Giverny au gré de ses envies de sujet : dépouiller un arbre de ses feuilles pour en faire un arbre d'hiver, détourner un courant d'eau pour alimenter son bassin, etc. Ces anecdotes sont vraies. Michel Bussi préface son livre en spécifiant que toutes les informations sur sa vie et son œuvre se veulent aussi exactes que possible.

Il entame ses séries de peintures en 1890 : des toiles figurant le même modèle, mais avec variation selon la saison et la lumière, parfois peintes le même jour. C'est notamment pour cette raison que des enfants l'aidaient à porter ses nombreux chevalets et toiles. Parmi les séries figurent *Les Peupliers*, *Les Cathédrales de Rouen*, *Venise* et bien sûr les *Nymphéas*.

• Vincent :

Vincent Van Gogh est né en 1853 et décédé en 1890. Il a fait partie des impressionnistes, mais à la différence des autres peintres référencés par la petite Fanette, ses œuvres les plus célèbres sortent du mouvement de l'impressionnisme. Van Gogh a eu pour ambition de ne pas exprimer qu'une image, mais ses sentiments. C'est ainsi qu'il contribue à l'émergence du postimpressionnisme, puis de l'expressionnisme, avec la dramatisation et la simplification des sujets qu'il peint ou dessine. En poussant toujours plus loin sa recherche artistique, il a aussi contribué au fauvisme et au symbolisme.

Le Vincent du roman, lui, exprime aussi ses sentiments par ses « œuvres », c'est-à-dire par ses meurtres. Bien sûr, Fanette à l'époque n'a pas idée de ce qui se trame, mais Bussi, lui, sait où il amène ses personnages. On peut d'ailleurs dresser un léger parallèle entre la folie de Van Gogh et les illusions dont se berce Vincent/Jacques.

• Mary :

Mary Cassatt est une artiste peintre américaine, née en 1844 et décédée en 1926. Elle a fortement contribué à l'essor de l'impressionnisme, grâce à son statut social bien établi et à ses nombreux voyages à l'étranger : Italie, Espagne et bien sûr États-Unis. Ses tableaux se centrent beaucoup sur la figure de la mère, pour mettre la femme en valeur en dehors du regard masculin, une représentation presque omniprésente sinon. C'était aussi l'élève d'Edgar Degas, et elle lui a servi de modèle. Une profonde amitié les liait.

Elle a aussi servi d'agent en matière d'art. C'est peut-être ce rôle de conseillère, plus dans l'ombre que sur le devant de la scène, qui sied le mieux à Patricia Morel.

• Camille :

Camille Pissarro, né en 1830 et mort en 1903, est considéré comme l'un des pères fondateurs de l'impressionnisme. Il a guidé nombre de peintres, que ce soit Van Gogh, Gauguin ou Cézanne. Sa peinture s'est tournée essentiellement vers les campagnes françaises. Les sujets relèvent donc de la vie rurale de l'époque, mais il a aussi peint des scènes parisiennes, de Montmartre ou des Tuileries. Malgré une productivité exceptionnelle (au moins 1500 toiles), son renom n'a pas atteint la réputation de Monet ou de Cézanne.

Vu les différences de caractère entre Pissarro et « le gros Camille », difficile de dresser de véritables comparaisons. Jérôme a bien une tendance accumulatrice, qui pourrait s'inscrire en miroir de la productivité de Pissarro.

• Paul :

Deux peintres influents et contemporains portent ce prénom : Gauguin (1848-1903) et Cézanne (1839-1906). Dans la mesure où Gauguin est un postimpressionniste et que les amis de Fanette sont des impressionnistes, au moins pour une courte période, il est probable que ce soit Cézanne qui soit mis à l'honneur.

Paul Cézanne a beaucoup travaillé avec Pissarro, de neuf ans son ainé. S'il ne se trouvait guère doué pour le dessin, avec des lignes trop fuyantes pour fixer les contours, sa maitrise imparfaite se prête très bien à l'impression-nisme. Ses toiles de la montagne Sainte-Victoire en témoignent. C'est sa Provence natale qui lui sert le plus de modèle.

On dit de lui qu'il sert de pont entre l'impressionnisme et l'impressionnisme. Parallèlement, le petit Paul de Bussi enclenche la transition dans la peinture de Fanette : de la couleur vive pour ses joies, quand elle s'imagine un avenir avec lui, au noir du deuil, le noir étant justement une couleur délaissée par les impressionnistes.

Et Fanette ?

Fanette ne semble pas être un nom d'artiste, peintre, sculpteur ou graveur, de la période impressionniste. Actuellement, c'est le nom de scène d'une chan-teuse française. C'est aussi le nom d'une chanson de Jacques Brel relatant un amour déçu : la jeune Fanette trahit le chanteur pour un autre. Il y a quelques échos avec la trajectoire involontaire de la vie amoureuse de Stéphanie Dupain. Si Michel Bussi ne cache pas son affection pour la chanson française,
.../...

...../.....

il serait surprenant que la petite fille des années 1920 se nomme pour honorer une chanson sortie en 1963.

Mais Fanette, c'est d'abord le diminutif de Stéphanie. C'est aussi le diminutif de Fanny. Or, il semblerait que Paul Cézanne ait entretenu une passion amoureuse fulgurante avec une servante autour de 1885. D'après un biographe, la jeune femme s'appelait Fanny. Après tout, l'amour enfantin entre Paul et Fanette ne dure que très brièvement...

NYMPHÉAS NOIRS, POLAR DE TERROIR ?

Le policier comprend de nombreuses divisions de genre. On considère qu'il y a trois sous-catégories principales :

– Le **roman-problème**, ou roman-énigme. Ici, c'est l'enquête qui prend une place centrale, et la figure du détective est particulièrement suivie. Les méthodes d'enquête peuvent varier : Sherlock Holmes se concentre essentiellement sur les indices scientifiques sur la scène de crime, Miss Marple utilise plus la psychologie humaine pour comprendre comment les évènements se sont déroulés, Hercule Poirot s'appuie aussi sur la psychologie pour comprendre le mobile et enquête en interrogeant les différents personnages. Le roman-énigme est axé sur la logique et la déduction ;

– Le **roman-suspense**, ou le roman de la victime. Pour le meurtrier, il s'agit d'éliminer tous les témoins embarrassants ; pour la police, il s'agit d'arrêter le meurtrier avant qu'il ne commette plus de méfaits. C'est le cas des thrillers d'Alfred Hitchcock, par exemple. Il y a donc une double chasse à l'homme, avec la victime potentielle au cœur du double enjeu. Si le meurtrier peut parvenir à ses fins, la justice finit toujours par triompher. Le roman-suspense est axé sur les sensations fortes comme l'angoisse et la peur ;

– La **série noire**. Souvent, ces ouvrages servent de critique à une réalité sociale particulière. La série noire a émergé en pleine Prohibition aux États-Unis, une période trouble où le crime organisé et la corruption étaient monnaie courante. Après la Seconde Guerre mondiale, le genre a gagné en popularité. La particularité de ces romans réside dans la place fondamentale du détective privé, qui ne se repose plus sur ses seuls talents de déduction : il s'arme, comme les truands qu'il veut amener à la justice. Parmi les auteurs, on trouve Raymond Chandler, Horace McCoy, Albert Simonin… Plus encore que la peur des romans-suspense, c'est l'action et la violence qui sont les constantes.

Les *Nymphéas noirs*, eux, ne sont pas vraiment un roman-énigme classique. On ne sait de fait pas qui est le meurtrier de Jérôme Morval. Néanmoins, l'enquête de la police patauge puis piétine complètement. Le détective Sérénac finit par battre en retraite et avouer son impuissance. Il a la part belle dans l'histoire, mais il est loin d'être le seul personnage principal. Parallèlement, le lecteur assiste aux évènements racontés par la veuve, sans savoir quel rôle elle joue dans le tableau : victime, témoin, voire criminelle ? Elle avoue qu'elle a réussi à tuer... Est-ce que cela suffit à qualifier le roman de roman-suspense ? Après tout, la justice ne triomphe pas vraiment. Elle n'est pas rendue par la police, qui n'a pas réussi à élucider l'affaire. Le meurtrier confesse simplement ses crimes sur son lit de mort, mais ce n'est pas le détective qui l'a battu. Sérénac n'est pas corrompu pour autant, il est simplement très proche de la femme de son suspect principal. À part les meurtres, il n'y a pas vraiment de violence. L'univers est loin d'être brutal. La critique sociale n'occupe pas une place fondamentale : de simples remarques de la veuve sur l'évolution de sa ville qui n'impliquent pas nécessairement l'auteur lui-même.

Le roman est résolument à la croisée des différentes sous-catégories ébauchées plus haut. Et pour cause, depuis le premier roman policier, de nombreuses évolutions ont suivi, le genre s'est diversifié et connait de nombreux sous-embranchements : juridique, scientifique, ethnique..., mais aussi régional.

Ainsi, l'ancrage des *Nymphéas noirs* en Normandie participe à son classement dans la catégorie des polars de terroir. Pour les auteurs, comme Bussi à ses débuts, c'est l'occasion de peindre des lieux qui leur tiennent à cœur, d'une part, et de souligner la proximité entre le lecteur et les lieux décrits, d'autre part. On y trouve généralement une dimension didactique : qui niera en avoir appris sur l'impressionnisme et l'histoire de l'art en général avec les *Nymphéas noirs* ? Ces romans policiers sont le plus souvent publiés par une maison d'édition régionale – dans le cas de Bussi pour ses débuts, les éditions des Falaises.

Si le polar de terroir n'a généralement pas beaucoup de succès en dehors de sa région, il n'est pas exclu qu'il sorte de ce succès plus confidentiel. Ce fut le cas pour *Nymphéas noirs*.

Le succès de proximité a été démontré pour Bussi avec le parcours touristique organisé autour de son roman à Giverny. Lire son ouvrage, c'est un peu (re)visiter les environs. Ancien professeur de géographie, il a brillamment prouvé qu'il connaissait la région intimement. Il bénéficiait déjà d'une petite notoriété de personnalité scientifique locale. Maintenant, elle a bien dépassé les frontières normandes. Si le roman de terroir est une pierre angulaire de la carrière de Bussi, il ne la résume pas. Pour la petite Fanette et pour la jeune Stéphanie, c'est comme un rêve devenu réalité : elles ont réussi à s'affranchir de leur village de naissance.

PISTES DE RÉFLEXION

QUELQUES QUESTIONS
POUR APPROFONDIR SA RÉFLEXION...

- En quoi pourrait-on dire que Michel Bussi s'approprie le genre de la série picturale, en particulier avec le personnage de Stéphanie ?

- Pourquoi « Vincent » est-il une charnière pour chacune des périodes narrées ?

- À quel point le parallèle peut-il s'établir entre la carrière de Van Gogh et l'évolution de Jacques Dupain ?

- Pourquoi pourrait-on qualifier le roman de « livre impressionniste » ?

- Pourquoi le roman est-il classé comme « polar noir » ?

- Sur quels éléments l'auteur s'appuie-t-il pour peindre l'atmosphère de son livre ?

- À votre avis, le titre de Bussi emprunte-t-il au roman de James Ellroy, *Le Dahlia noir* ? Justifiez.

- Quelles seraient les difficultés principales de l'adaptation cinématographique ?

- En quoi le médium écrit pourrait-il mieux fonctionner que le médium filmique ?

POUR ALLER PLUS LOIN

ÉDITION DE RÉFÉRENCE

Bussi M., *Nymphéas noirs*, Paris, Pocket, 2013, 504 p.

ÉTUDES DE RÉFÉRENCE

- Bergeron S., « L'évolution du roman policier », in *Québec français*, (72), 1988 : pp. 71-73.

- Monde des arts (Le), « Dossier Pissarro », in *Le monde des arts*. URL : http://www.lemondedesarts.com/DossierPissarro.htm

- Peugnez J., « Romans Policiers en Normandie » (2021, 10 mai), in *Zonelivre*. URL : https://polar.zonelivre.fr/romans-policiers-en-normandie/

- Tasset M., « Petite histoire de l'Impressionnisme » (2020, 6 janvier), in *Le blog d'art contemporain de KAZoART*. URL : https://www.kazoart.com/blog/petite-histoire-de-l-impressionnisme/

- « Biographie de Cézanne » (2016, 13 juillet), in *Société Cezanne*. URL : https://www.societe-cezanne.fr/2013/10/07/biographie-de-cezanne/

SOURCES COMPLÉMENTAIRES

- « Le triomphe des Nymphéas » (2018, 2 octobre), in *Michel Bussi*. URL : https://www.michel-bussi.fr/content/le-triomphe-des-nympheas

- OVERLY SARCASTIC PRODUCTIONS, "Trope Talk: Detectives" [Vidéo] (2021, 10 septembre). YouTube. URL : https://www.youtube.com/watch?v=irujprYmLo0

- « Une visite de Giverny dédiée à "Nymphéas noirs" ». (2018, 2 octobre), in *Michel Bussi*. URL : https://www.michel-bussi.fr/content/une-visite-de-giverny-dediee-nympheas-noirs

ADAPTATIONS

- BUSSI, CASSEGRAIN, & DUVAL. *Nymphéas noirs*. Paris, Dupuis, 2019, 144 p.

lePetitLittéraire.fr

- un résumé complet de l'intrigue ;
- une étude des personnages principaux ;
- une analyse des thématiques principales ;
- une dizaine de pistes de réflexion.

**Retrouvez
notre offre complète sur
lePetitLittéraire.fr**

ISBN version numérique : 9782808025799
ISBN version papier : 9782808025805
Dépôt légal : D/2021/12603/130

Conception numérique : Primento,
le partenaire numérique des éditeurs.